百篇经典诗文诵读

口袋书

主　编　化长河　张　晨
副主编　陈　露　许夙慧　陈亚萍
　　　　李双伶　肖　悦　郑　恺
参　编　冯一丹　刘方园　谢梦瑶

河南人民出版社
·郑州·

图书在版编目(CIP)数据

百篇经典诗文诵读口袋书 / 化长河，张晨主编．—郑州 ：河南人民出版社，2024．2
ISBN 978-7-215-13242-9

Ⅰ．①百… Ⅱ．①化… ②张… Ⅲ．①中国文学-文学欣赏 Ⅳ．①I206

中国国家版本馆CIP数据核字(2023)第022801号

河南人民出版社出版发行
(地址:郑州市郑东新区祥盛街27号 邮政编码:450016 电话:0371-65788077)
新华书店经销 河南新华印刷集团有限公司印刷
开本 787毫米×1092毫米 1/32 印张 6.125
字数 70千字
2024年2月第1版 2024年2月第1次印刷

定价：30.00元

前 言

经典诗文，是中华传统文化的精髓，是立德树人、以文化人的重要载体。习近平总书记强调："我很不赞成把古代经典诗词和散文从课本中去掉，'去中国化'是很悲哀的。应该把这些经典嵌在学生脑子里，成为中华民族文化的基因。"本书精选先秦到现代的经典诗文100篇，供大家日常吟诵、记忆。百篇诗文中标注"★"的难度较大，为选背内容，其余为必背内容。

本书集结了两千多年的诗文精华。从"关关雎鸠，在河之洲"的从容典雅，到"桃之夭夭，灼灼其华"的热烈奔放；从《论语》中的处世箴言，到《声律启蒙》里的金声玉振；从《庄子》中的磅礴想象，到《史记》里的荡气回肠；从陶渊明躬耕时的悠悠南山，到柳宗元所到处的叮咚小潭……百篇之中，流淌着中华文脉，蕴藏着丘壑万千。

本书承载着育人强军的初心。从表现将士气贯长虹豪迈气概的"但使龙城飞将在，不教胡马度阴山"，到体现战士视死如归大无畏精神的"醉卧沙场君莫笑，古来征战几人回"；从道出将士杀敌灭寇铿锵誓言的"黄沙百战穿金甲，不破楼兰终不还"，到表达士子投笔从戎远大志向的"宁为百夫长，胜作一书生”……本书聚焦古代军营的“铁马秋风”“战地黄花”“楼船夜雪”“边关冷月”，凸显诗文军旅特色，让学员在诗文学习中吹响强军号角。

本书凝聚了信息工程大学“大学语文”课程组教员的心血智慧。从选篇目到定篇章名，从做注释到校成稿，从排版到出版，每一个环节的完成都一丝不苟，每一个细节的设计都细细推敲。本书采用精巧、便于携带的口袋书样式，是为了使其真正成为学员案头、手中的常备之书，方便时时诵读；书中附有可供扫描的听书二维码，是为了让学员充分利用碎片化的时间，实现边听读边记忆。

理解经典诗文的价值，不仅要细细体悟，更要时时诵读。“熟读唐诗三百首，不会吟诗也会吟。”诵读法是传承千年的诗文学习方法。诵读之中有愉悦，诵读之中有审美，诵读之中有情感，诵读之中有共鸣。常诵经典诗文，可以增广见闻、增强记忆，使人思维敏捷，腹有诗书气自华。军校校园里，诵读语言凝练、立意高远的经典诗文，能够把优秀传统文化的种子播撒到学员的心田，提升学员的文化素养，开发学员的记忆潜能，陶冶学员的高雅情趣，锻铸学员的坚强意志；基层部队中，诵读饱含壮志、富有豪情的军旅诗歌，能够将融入了家国情怀、热血、风骨、气节的清泉水灌注到官兵的心田，催生官兵的梦想花朵，弘扬官兵的英雄气概，深化官兵的爱国情感，指引官兵的前行之路。

“三更灯火五更鸡，正是男儿读书时。”希望这本小小的口袋书，能够成为我们案头、手中的常备之物，方便我们随时诵读经典，为大学生活增加浓浓诗意，为军旅人生增添斑斓色彩。

本书编写组

2022 年 7 月

目 录

一、《声律启蒙》

二、《诗经》

三、《论语》

四、《庄子》

五、《史记》

六、“三曹”诗歌

七、陶渊明诗文

八、李白诗歌

九、杜甫诗歌

十、唐代边塞诗

十一、“韩柳”散文

十二、苏轼诗词文

十三、陆游诗词

十四、辛弃疾词

十五、元曲

十六、明清诗词

十七、近代诗文

十八、革命诗文

十九、鲁迅诗歌

一、《声律启蒙》

1. 一东（云对雨）

云对雨，雪对风，晚照对晴空。

来鸿对去燕，宿鸟对鸣虫。

三尺剑，六钧弓，岭北对江东。

人间清暑殿，天上广寒宫。

两岸晓烟杨柳绿，一园春雨杏花红。

两鬓风霜，途次①早行之客；

一蓑烟雨，溪边晚钓之翁。

【注释】

①途次：旅途中。

《雨山图》(元　高克恭)

2. 一东（沿对革）

沿对革，异对同，白叟对黄童。
江风对海雾，牧子对渔翁。
颜巷陋①，阮途穷②，冀北对辽东。
池中濯③足水，门外打头风。
梁帝讲经同泰寺，汉皇置酒未央宫。
尘虑萦心，懒抚七弦绿绮④；
霜华满鬓，羞看百炼青铜⑤。

【注释】

①颜巷陋：孔子的弟子颜回居住在狭窄的巷子里。②阮（ruǎn）途穷：三国魏诗人阮籍经常独自驾车出行，到无路可走之处大哭而返。③濯（zhuó）：洗。④绿绮（qǐ）：汉代司马相如的琴名，后用为琴的通名。⑤青铜：指铜镜。

《寒江钓艇图》（明　陆治）

3. 二冬（春对夏）

春对夏，秋对冬，暮鼓对晨钟。

观山对玩水，绿竹对苍松。

冯妇①虎，叶公龙，舞蝶对鸣蛩②。

衔泥双紫燕，课蜜几黄蜂。

春日园中莺恰恰③，秋天塞外雁雍雍④。

秦岭云横，迢递⑤八千远路；

巫山雨洗，嵯峨⑥十二危峰。

【注释】

①冯妇：《孟子》载，冯妇善搏虎，以此为业，后来不再杀虎，被称为善士。有一次在野外偶遇众人逐虎，不觉技痒，又卷起袖子下车打虎，遭到士人的取笑。后便以“冯妇”代指重操旧业者。②蛩（qióng）：蟋蟀。③恰恰：象声词。莺啼声。④雍雍：象声词。大雁的和鸣声。⑤迢递：遥远的样子。⑥嵯峨（cuó'é）：形容山势高峻。

《松月图》(宋　佚名)

4. 二冬（明对暗）

明对暗，淡对浓，上智对中庸。

镜奁对衣笥①，野杵对村舂②。

花灼烁③，草蒙茸④，九夏对三冬⑤。

台高名戏马⑥，斋小号蟠龙⑦。

手擘蟹螯从毕卓⑧，身披鹤氅自王恭⑨。

五老⑩峰高，秀插云霄如玉笔；

三姑⑪石大，响传风雨若金镛⑫。

【注释】

①奁（lián）：镜匣，古代女子多用来放置梳妆用具。笥（sì）：用竹子或芦苇编成的方形的盛物器具，多用来盛放衣物。②杵（chǔ）：舂米用的一种木制的棒槌。舂（chōng）：本义为把谷物放入石臼中捣去皮壳。这里用作名词，指石臼。③灼烁：光彩明艳。这里形容花盛开的样子。④蒙茸：葱茏。这里形容草茂盛的样子。⑤九夏对三冬：夏季有三个月约九十天，故称九夏；冬季有三个月，故称三冬。“九”和“三”也可看成虚数，都形容时间很久。⑥台高名戏马：楚国名将项羽在今徐州城南建筑高台，用来观看戏马、演兵，故名“戏

马台”。⑦斋小号蟠龙：东晋大将桓温建造书斋，画有龙，名为“蟠龙斋”。⑧手擘（bò）蟹螯从毕卓：东晋官员毕卓爱喝酒，曾说，左手掰蟹足，右手拿酒杯，就可以快乐知足地过一生了。擘，掰开。⑨身披鹤氅（chǎng）自王恭：东晋大臣王恭曾披羽毛做的大衣在飞雪中游览，被称为“神仙中人”。氅，鸟类羽毛制成的大衣。⑩五老：山峰名，在今江西庐山的南部，由五座小山峰构成，仰望俨如五位老翁并肩而立，故曰“五老峰”。《地舆志》记载：“庐山有五老峰，秀插云霄。”⑪三姑：山峰名，由三座小山峰组成，在今安徽境内。《地舆志》记载：“南康有三姑石，响声若金镛。”⑫金镛（yōng）：华美的大钟。

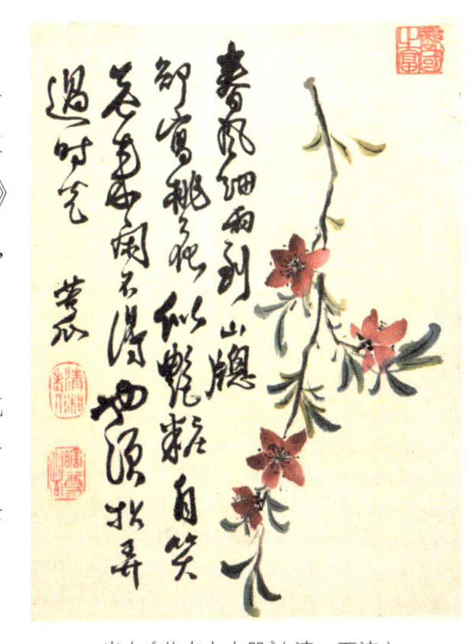

出自《花卉山水册》(清　石涛)

二、《诗经》

5.《周南·关雎》①

关关雎鸠②，在河之洲。窈窕淑女，君子好逑③。
参差荇菜④，左右流⑤之。窈窕淑女，寤寐⑥求之。
求之不得，寤寐思服⑦。悠哉悠哉⑧，辗转反侧。
参差荇菜，左右采之。窈窕淑女，琴瑟友之。
参差荇菜，左右芼⑨之。窈窕淑女，钟鼓乐之。

【注释】

①《周南·关雎》:《诗经》第一篇。②关关：象声词。雌雄两鸟的和鸣声。雎鸠：一种水鸟。③逑：配偶。④荇(xìng)菜：水中植物，叶子浮在水面上。⑤流：捋取。⑥寤寐：犹言日夜。睡醒为“寤”，睡着为“寐”。⑦思服：思念。⑧悠哉悠哉：犹言“想念呀，想念呀”，指思念不绝。悠，忧思。⑨芼(mào)：采。

毛詩品物圖攷卷四　　浪華岡元鳳纂輯

鳥部

關關雎鳩

傳雎鳩王雎也鳥摯而有別集傳水鳥也狀類鳧鷖今江淮間有之生有定偶而不相亂偶常並遊而不相狎故毛傳以為摯而有別○摯與鷙通雎鳩鷙鳥也翺翔水上扇魚攫而食之大小如鴟

出自《毛诗品物图考》（清　佚名）

6.《周南·芣苢》

采采芣苢①，薄言②采之。
采采芣苢，薄言有之。
采采芣苢，薄言掇③之。
采采芣苢，薄言捋④之。
采采芣苢，薄言袺⑤之。
采采芣苢，薄言襭⑥之。

【注释】

①采采：采了又采，或释为繁茂鲜艳的样子。芣苢（fúyǐ）：车前草，开淡紫色小花。②薄言：发语词。③掇（duō）：拾取。④捋（luō）：采，取。⑤袺（jié）：手执衣襟以承物。⑥襭（xié）：用衣襟兜东西。

7.《秦风·蒹葭》

蒹葭苍苍①，白露为霜。所谓伊人②，在水一方。溯洄③从之，道阻且长。溯游④从之，宛在水中央。

蒹葭萋萋⑤，白露未晞⑥。所谓伊人，在水之湄⑦。溯洄从之，道阻且跻⑧。溯游从之，宛在水中坻⑨。

蒹葭采采⑩，白露未已⑪。所谓伊人，在水之涘⑫。溯洄从之，道阻且右⑬。溯游从之，宛在水中沚⑭。

【注释】

①蒹葭（jiānjiā）：芦苇。苍苍：茂盛的样子。②伊人：那个人。③溯洄：逆流而上。④溯游：顺流而下。⑤萋萋：茂盛的样子。⑥晞（xī）：干。⑦湄：岸边。⑧跻（jī）：本义是升的意思，这里是道路陡高之意。⑨坻（chí）：水中的小洲。⑩采采：茂盛的样子。⑪已：止，干。⑫涘（sì）：水边。⑬右：弯曲，迂回。⑭沚（zhǐ）：水中的小洲。

出自《御笔诗经全图书画合璧图册》（清　乾隆）

8.《秦风·无衣》

岂曰无衣？与子同袍①。王②于兴师，修我戈矛。与子同仇！

岂曰无衣？与子同泽③。王于兴师，修我矛戟。与子偕作④！

岂曰无衣？与子同裳⑤。王于兴师，修我甲兵。与子偕行！

【注释】

①袍：长袍。②王：周天子。秦国出兵以周天子之命为号召。③泽：内衣。④作：起，出发。⑤裳（cháng）：下衣，此指战裙。

9.《周南·桃夭》

桃之夭夭①，灼灼其华。之子于归②，宜其室家③。

桃之夭夭，有蕡④其实。之子于归，宜其家室。

桃之夭夭，其叶蓁蓁⑤。之子于归，宜其家人。

【注释】

①夭夭：形容茂盛而艳丽。②之子：这位姑娘。归：女子出嫁。③宜：和顺，和善。室家：家庭，此处指夫家。④蕡（fén）：果实繁盛硕大的样子。⑤蓁（zhēn）蓁：树叶茂盛的样子。

出自《御笔诗经全图书画合璧图册》（清　乾隆）

10.《郑风·子衿》

青青子衿①，悠悠我心。纵我不往，子宁不嗣音②？

青青子佩，悠悠我思。纵我不往，子宁不来？

挑兮达兮③，在城阙④兮。一日不见，如三月兮！

【注释】

①衿：古代衣服的交领。②嗣音：嗣，继续；音，音信。③挑（tāo）兮达（tà）兮：来回走动的样子。走来走去，在城楼上张望，表示思念。④城阙：城上望楼。

出自《设色山水册》（清　石涛）

11.《邶风·击鼓》★

击鼓其镗①，踊跃用兵②。土国城漕③，我独南行。

从孙子仲，平陈与宋④。不我以归，忧心有忡⑤。

爰⑥居爰处？爰丧其马？于以求之？于林之下。

死生契阔⑦，与子成说⑧。执子之手，与子偕老。

于嗟阔兮，不我活兮。于嗟洵⑨兮，不我信兮。

【注释】

①镗（tāng）：击鼓声。②踊跃：积极，热烈。兵：兵器。③土国：为国家服土功的劳役。城漕：筑城于漕。漕，卫国的地名。④平：和好。陈与宋：陈国和宋国。⑤忡（chōng）：忧愁。⑥爰（yuán）：于何处。⑦契阔：离合。偏义复词，偏指离散。契，合。阔，离。⑧成说：成约，约定。⑨洵（xún）：远，长久。

《出征图轴》局部（清　徐方）

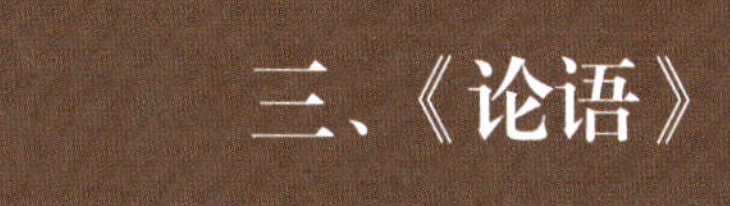

三、《论语》

12.《学而第一》（君子食无求饱）

子曰："君子①食无求饱，居无求安，敏②于事而慎于言，就有道而正焉③，可谓好学也已。"

【注释】

①君子:《论语》中有时指有地位的人，有时指有德之人，此处指后者。②敏：疾也。③就：靠近。有道：有道德的人。正：匡正，端正。

《孔子像》(南宋　马远)

13.《学而第一》（贫而无谄）

子贡曰:“贫而无谄①，富而无骄，何如②？”子曰:“可也。未若贫而乐③，富而好礼者也。”

子贡曰:“《诗》云:‘如切如磋，如琢如磨④。’其斯之谓与？”子曰:“赐⑤也，始可与言《诗》已矣，告诸⑥往而知来者。”

【注释】

①谄：巴结，奉承。②何如：怎么样。③贫而乐：又作“贫而乐道”。④如切如磋，如琢如磨：此二句见《诗经·卫风·淇奥》。古代把骨头加工成器物叫“切”，把象牙加工成器物叫“磋”，把玉加工成器物叫“琢”，把石头加工成器物叫“磨”。⑤赐：子贡名，孔子对学生都称其名。⑥诸：同“之于”。

《孔子弟子像》局部（唐　阎立本）

14.《为政第二》（吾十有五）

子曰：“吾十有①五而志于学，三十而立②，四十而不惑③，五十而知天命④，六十而耳顺⑤，七十而从心所欲，不逾矩⑥。”

【注释】

①有：同“又”。②立：站得住，意译为有所成。③不惑：掌握了知识，不被外界事物所迷惑。④天命：不能为人力所支配之事。⑤耳顺：能正确对待逆耳之言。⑥从心所欲，不逾矩：随心所欲，任何念头都不越出规矩。从，遵从。逾，越过。矩，规矩。

15.《里仁第四》（富与贵）

子曰："富与贵，是人之所欲也；不以其道得之，不处也。贫与贱，是人之所恶也；不以其道得之，不去也。君子去仁，恶乎①成名？君子无终食之间违仁，造次②必于是，颠沛③必于是。"

【注释】

①恶（wū）乎：怎样。②造次：急遽；匆忙。③颠沛：形容人事困顿，社会动荡。

《孔子见老子》画像石（汉　佚名）拓本

16.《公冶长第五》（宰予昼寝）

宰予昼寝，子曰：“朽木不可雕也，粪土之墙不可杇①也。于予与何诛②？”子曰：“始吾于人也，听其言而信其行；今吾于人也，听其言而观其行。于予与改是。”

【注释】

①杇（wū）：涂饰墙壁的工具叫杇，涂饰、粉刷墙壁也叫杇。此处意译为粉刷。②何诛：责备什么呢。

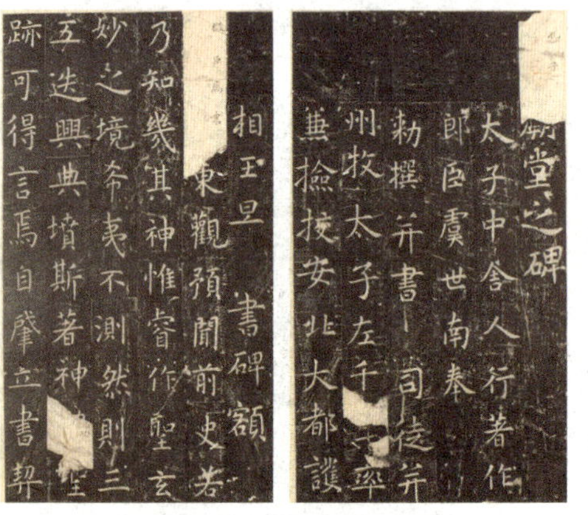

《孔子庙堂碑》局部（唐　虞世南）

17.《公冶长第五》（颜渊、季路侍）

颜渊、季路侍①。子曰："盍②各言尔志？"

子路曰："愿车马衣轻裘与朋友共敝之而无憾。"

颜渊曰："愿无伐善③，无施劳④。"

子路曰："愿闻子之志。"

子曰："老者安之，朋友信之，少者怀之⑤。"

【注释】

①侍：陪侍尊长。②盍：何不。③伐：夸耀。善：好处。④施：表白。劳：功劳。⑤少者怀之：使年少的人得到关怀。

18.《公冶长第五》（孔文子）

子贡问曰：“孔文子①何以谓之‘文’也？”子曰：“敏而好学②，不耻③下问，是以谓之‘文’也。”

【注释】

①孔文子：卫国大夫，姓孔，名圉（yǔ），谥号“文”。②敏：聪敏。好：喜好。③耻：羞耻。

子贡像
出自《至圣先贤半身像》（元　佚名）

19.《雍也第六》（贤哉回也）

子曰：“贤哉，回也！一箪①食，一瓢饮，在陋巷，人不堪其忧，回也不改其乐。贤哉，回也！”

【注释】

①箪（dān）：古代盛饭的竹器，圆形。

颜回像

出自《至圣先贤半身像》（元　佚名）

20.《雍也第六》（哀公问）

哀公问："弟子孰为好学？"孔子对曰："有颜回者好学，不迁怒①，不贰过②。不幸短命死矣③。今也则亡④，未闻好学者也。"

【注释】

①不迁怒：不把对此人的怒气发泄到彼人身上。②不贰过："贰"是重复、一再的意思。这里是说不犯同样的错误。③短命死矣：颜回死时年仅三十一岁。④亡：同"无"。

21.《述而第七》（用之则行）

子谓颜渊曰："用之则行，舍之则藏①，惟我与尔有是夫②！"

子路曰："子行三军③，则谁与？"

子曰："暴虎冯河④，死而无悔者，吾不与⑤也。必也临事而惧⑥，好谋而成者也。"

【注释】

①舍：舍弃，不用。藏：隐藏。②夫：语气词。置于句尾，表示感叹。③三军：军队的通称。周朝时诸侯大国拥有三军，每军万余人。④暴虎：赤手空拳与老虎进行搏斗。冯（píng）河：无船而涉水过河。⑤与：在一起。⑥临事而惧：遇到事情便格外小心谨慎。惧，谨慎、警惕。

子路像

出自《至圣先贤半身像》（元　佚名）

22.《泰伯第八》（士不可以不弘毅）

曾子曰："士不可以不弘毅①，任重而道远。仁以为己任，不亦重②乎？死而后已，不亦远乎？"

【注释】

①士：读书人。弘毅：抱负远大，意志坚强。弘，广大。毅，坚强、刚毅。②重：重要，重大。

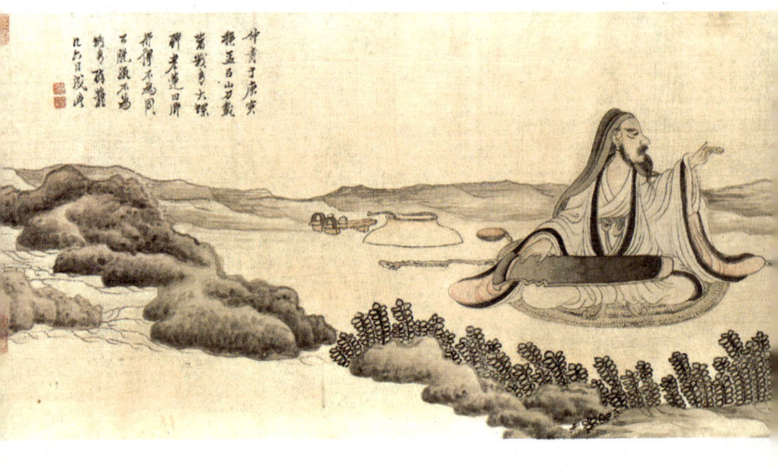

23.《子罕第九》（子绝四）

子绝四：毋意①，毋必②，毋固③，毋我④。

【注释】

①意：主观地揣测。②必：绝对。③固：固执。④我：自以为是。

《出处图》（明　陈洪绶）

24.《先进第十一》（侍坐）★

子路、曾皙、冉有、公西华侍坐①。

子曰："以吾一日长乎尔②，毋吾以也③。居④则曰：'不吾知也！'如或知尔，则何以哉？"

子路率尔⑤而对曰："千乘之国⑥，摄⑦乎大国之间，加之以师旅，因之以饥馑⑧；由也为之，比及三年，可使有勇，且知方⑨也。"

夫子哂⑩之。

"求！尔何如？"

对曰："方六七十，如五六十，求也为之，比及三年，可使足民。如其礼乐，以俟君子。"

"赤！尔何如？"

对曰："非曰能之，愿学焉。宗庙之事⑪，如会⑫同，端章甫⑬，愿为小相⑭焉。"

"点！尔何如？"

鼓瑟希，铿⑮尔，舍瑟而作⑯，对曰："异

乎三子者之撰。”

子曰：“何伤乎？亦各言其志也。”

曰：“莫春[17]者，春服[18]既成，冠者[19]五六人，童子六七人，浴乎沂[20]，风乎舞雩[21]，咏而归。”

夫子喟然[22]叹曰：“吾与[23]点也！”

三子者出，曾皙后。曾皙曰：“夫三子者之言何如？”

子曰：“亦各言其志也已矣。”

曰：“夫子何哂由也？”

曰：“为国以礼，其言不让，是故哂之。”

“唯求则非邦也与[24]？”

“安见方六七十如五六十而非邦也者？”

“唯赤则非邦也与？”

“宗庙会同，非诸侯而何？赤也为之小，孰能为之大？”

【注释】

①子路、曾皙、冉有、公西华：四人均为孔子学生。侍：卑者陪伴在尊者身旁。②一日：言时间之少，孔子自谦。长（zhǎng）：年长。③毋：不。以：用。“以吾一日长乎尔，毋吾以也”的意思为，我年纪比你们都大，（别人）不任用我了。④居：平时在家之时。⑤率尔：轻率急忙状。⑥千乘（shèng）之国：有千辆兵车之国，属中等国家。乘，古时一车四马为一乘。⑦摄（shè）：夹。⑧因：增添。饥馑：泛指荒年。⑨方：道义。⑩哂（shěn）：笑，不以为然地微笑。⑪宗庙之事：诸侯祭祖先之事。⑫会：泛指诸侯集会之事。⑬端章甫：穿着礼服、戴着礼帽，泛指祭祀等礼仪之事。⑭相：祭祖或会盟时，主持赞礼的司仪官。公西华称愿为小相，乃自谦之辞。⑮铿（kēng）：象声词。此指弹瑟之声。⑯舍：放下。作：站起来。“鼓瑟希，铿尔，舍瑟而作”中主语均为曾皙。⑰莫（mù）春：暮春，夏历三月。莫，同“暮”。⑱春服：夹服。⑲冠者：成年人。⑳沂（yí）：水名，在今山东曲阜南。㉑风：用作动词，指吹风。雩（yú）：祭天求雨，雩祭有歌舞，故称舞雩。㉒喟（kuì）然：长叹状。㉓与：赞成，同意。㉔与：同“欤”（yú），表怀疑、质疑。

25.《子路第十三》（无欲速）

子夏为莒父宰①，问政。子曰："无②欲速，无见小利。欲速则不达，见小利则大事不成。"

【注释】

①子夏：孔子弟子。莒（jǔ）父：鲁国的一个城邑，在今山东省莒县境内。②无：同"毋"。

《明版彩绘孔子圣迹图·职司乘田》（明　佚名）

26.《卫灵公第十五》（有一言）

子贡问曰：“有一言而可以终身行之者乎？”子曰：“其‘恕’①乎！己所不欲，勿施于人。”

【注释】

①恕：与“忠”相对。“忠”（即“己欲立而立人，己欲达而达人”），是有积极意义的道德，但未必每个人都有条件去施行。“恕”是“己所不欲，勿施于人”，谁都可以这样做。所以孔子在此言“恕”而不言“忠”。

27.《卫灵公第十五》（躬自厚）

子曰："躬自厚而薄责于人①，则远②怨矣。"

【注释】

①躬：自身；自己。责：责备。②远：远离；防止。

《明版彩绘孔子圣迹图·删述六经》（明　佚名）

28.《季氏第十六》（君子有三戒）

孔子曰："君子有三戒：少之时，血气未定，戒之在色；及其壮也，血气方刚，戒之在斗；及其老也，血气既衰，戒之在得①。"

【注释】

①得：贪得。指贪求名誉、地位、财货等。

29.《尧曰第二十》（不知命）

孔子曰："不知命，无以为君子也；不知礼，无以立也；不知言[1]，无以知人也。"

【注释】

①知言：善于分析别人的言语，辨别其是非善恶。

《明版彩绘孔子圣迹图·退修诗书》（明　佚名）

四、《庄子》

30.《逍遥游》（节选）

北冥[①]有鱼，其名为鲲。鲲之大，不知其几千里也。化而为鸟，其名为鹏。鹏之背，不知其几千里也；怒[②]而飞，其翼若垂天之云。是鸟也，海运则将徙于南冥。南冥者，天池也。《齐谐》者，志怪者也。《谐》之言曰："鹏之徙于南冥也，水击[③]三千里，抟扶摇而上者九万里[④]，去以六月息者也[⑤]。"野马也，尘埃也，生物之以息相吹也[⑥]。天之苍苍，其正色邪？其远而无所至极邪？其视下也，亦若是则已矣。且夫水之积也不厚，则其负大舟也无力。覆杯水于坳堂之上，则芥为之舟；置杯焉则胶，水浅而舟大也。风之积也不厚，则其负大翼也无力。故九万里，则风斯在下矣，而后乃今培风[⑦]；背负青天而莫之夭阏[⑧]者，而后乃今将图南。

【注释】

①冥：后作“溟”，海。“北冥”指北海，下文的“南冥”，指南海。传说北海无边无际，水深而黑。②怒：奋起状，这里指鼓起翅膀。③水击：鹏鸟的翅膀拍击水面。击，拍打。④抟（tuán）：环绕，盘旋。扶摇：指盘旋而上的暴风，后来也用来形容盘旋而上。⑤去以六月息者也：指大鹏飞行六个月才止息于南海。去，离，指离开北海。息，停歇。⑥息：这里指有生命之物所产生的气息。相：表示一方对另一方有所动作。吹：吹拂。⑦而后乃今：“今而后乃”的倒文，意为“这样，然后才……”。培：凭。⑧莫之夭阏（è）：无所滞碍。夭，挫折。阏，遏制，阻止。

《北溟图》局部（明 周臣）

31.《秋水》（节选）★

北海若曰："井蛙不可以语于海者，拘于虚[①]也；夏虫不可以语于冰者，笃于时也；曲士[②]不可以语于道者，束于教也。今尔出于崖涘[③]，观于大海，乃知尔丑，尔将可与语大理矣。天下之水，莫大于海。万川归之，不知何时止而不盈；尾闾[④]泄之，不知何时已而不虚[⑤]；春秋不变，水旱不知。此其过江河之流，不可为量数。而吾未尝以此自多[⑥]者，自以比[⑦]形于天地，而受气于阴阳，吾在天地之间，犹小石小木之在大山也。方存乎见少，又奚以自多！计四海之在天地之间也，不似礨空[⑧]之在大泽乎？计中国之在海内不似稊[⑨]米之在大仓乎？号[⑩]物之数谓之万，人处一焉；人卒[⑪]九州，谷食之所生，舟车之所通，人处一焉。此其比万物也，不似豪[⑫]末之在于马体乎？五帝之所连[⑬]，三王之所争，仁人之所忧，任士之所劳，尽此矣！伯夷辞之以为名，仲尼语之以为博。此其自多也，不似尔向之自多于水乎？”

【注释】

①虚："墟"的古字。②曲士：乡曲之士，即寡闻陋见之人。③尔：你，指河伯。崖涘（sì）：水边，引申为边际、范围。河水受河岸所拘束，指河伯的思想受生存环境所限。④尾闾：海水所泄之所。⑤虚：亏虚。⑥自多：自夸。多，意动词，以……为多。⑦比：同"庇"，寄也。⑧礨空（lěikǒng）：石块的小孔穴。⑨稊（tí）：草名。结实如小米。⑩号：称。⑪人卒：大众。⑫豪：同"毫"。⑬连：指五帝连续禅让。

《濠梁图》(清　金廷标)

五、《史记》

32.《项羽本纪》（节选）★

于是项王乃上马骑，麾下壮士骑从者八百余人，直[①]夜溃围南出，驰走。平明，汉军乃觉之，令骑将灌婴以五千骑追之。项王渡淮，骑能属[②]者百余人耳。项王至阴陵，迷失道，问一田父[③]，田父绐[④]曰“左”。左，乃陷大泽中。以故汉追及之。项王乃复引兵而东，至东城，乃有二十八骑。汉骑追者数千人。项王自度不得脱。谓其骑曰：“吾起兵至今八岁矣，身七十余战，所当者破，所击者服，未尝败北，遂霸有天下。然今卒[⑤]困于此，此天之亡我，非战之罪也。今日固决死，愿为诸君快战[⑥]，必三胜之，为诸君溃围，斩将，刈[⑦]旗，令诸君知天亡我，非战之罪也。”乃分其骑以为四队，四向[⑧]。汉军围之数重。项王谓其骑曰：“吾为公取彼一将。”令四面骑驰下，期山东为三处。于是项王大呼驰下，汉军皆披靡⑨，遂斩汉一将。是时，赤泉侯为骑将，追项王，项王瞋目而叱之，赤泉侯人马俱惊，辟易⑩数里。与其骑会为三处。汉军不知项王所在，乃分军为三，复围之。项王乃驰，复斩汉一都尉，杀数十百人，复聚其骑，亡其两骑耳。乃谓其骑曰："何如？"骑皆伏曰："如大王言。"

【注释】

①直：同"值"，当，趁。②属（zhǔ）：连接，这里指跟上。③田父（fǔ）：农民，多指老农。④绐（dài）：欺骗。⑤卒：终于。⑥快战：痛快地打一仗。⑦刈（yì）：割，砍。⑧四向：面向四方。⑨披靡：原指草木随风倒伏，这里比喻军队溃败。⑩辟易：退避。

33.《李将军列传》（节选）★

匈奴大入上郡，天子使中贵人从广勒习兵击匈奴[①]。中贵人将骑数十纵[②]，见匈奴三人，与战。三人还射，伤中贵人，杀其骑且尽。中贵人走广。广曰："是必射雕者[③]也。"广乃遂从百骑往驰三人。三人亡[④]马步行，行数十里。广令其骑张左右翼，而广身自射彼三人者，杀其二人，生得一人，果匈奴射雕者也。已缚之上马，望匈奴有数千骑，见广，以为诱骑[⑤]，皆惊，上山陈[⑥]。广之百骑皆大恐，欲驰还走。广曰："吾去大军数十里，今如此以百骑走，匈奴追射我立尽。今我留，匈奴必以我为大军之诱，必不敢击我。"广令诸骑曰："前！"前未到匈奴陈二里所[⑦]，止，令曰："皆下马解鞍！"其骑曰："虏多且近，即有急，奈何？"广曰："彼虏以我为走，今皆解鞍以示不走，用坚其意。"

于是胡骑遂不敢击。有白马将出护[8]其兵，李广上马与十余骑奔射杀胡白马将，而复还至其骑中，解鞍，令士皆纵马卧[9]。是时会暮，胡兵终怪之，不敢击。夜半时，胡兵亦以为汉有伏军于旁欲夜取之，胡皆引兵而去。平旦[10]，李广乃归其大军。大军不知广所之，故弗从。

【注释】

①中贵人：宫中受宠的人，指宦官。广：李广，即李将军。勒：统率。②将：率领。骑：骑兵。③射雕者：射雕的能手。雕，猛禽，飞行力极强而且迅猛，能射雕的人必有很高的射箭本领。④亡：失。⑤诱骑：诱敌的骑兵。⑥陈（zhèn）：同"阵"，摆开阵势。⑦所：表示大约的数目。"二里所"即二里左右。⑧护：监视。⑨纵马卧：把马放开，随意躺在地上。⑩平旦：清晨，天刚亮。

六、“三曹”诗歌

34. 曹操《观沧海》

东临碣石①，以观沧海。
水何澹澹②，山岛竦峙③。
树木丛生，百草丰茂。
秋风萧瑟，洪波涌起。
日月之行，若出其中；
星汉灿烂，若出其里。
幸甚至哉，歌以咏志。

【注释】

①碣（jié）石：山名。碣石山，即河北昌黎碣石山。207年秋天，曹操征乌桓得胜回师时经过此地。②澹（dàn）澹：水波摇动的样子。③竦峙（sǒngzhì）：耸立。竦，高耸。

《沧海涌日图》（南宋　佚名）

35. 曹操《蒿里[1]行》

关东有义士[2]，兴兵讨群凶[3]。

初期会盟津[4]，乃心在咸阳[5]。

军合力不齐，踌躇而雁行[6]。

势利使人争，嗣还自相戕[7]。

淮南弟称号[8]，刻玺于北方[9]。

铠甲生虮虱[10]，万姓以死亡。

白骨露于野，千里无鸡鸣。

生民百遗一，念之断人肠。

【注释】

①蒿（hāo）里：乐府《相和曲》名。“蒿里”是古人认为人死后魂魄聚居的地方。②关东：函谷关以东（今河南新安东）。义士：指190年起兵讨伐董卓的诸州郡将领。③讨群凶：指讨伐董卓及其党羽。④初期：本来期望。盟津：孟津（在今河南省孟州市西南），古黄河渡口名，相传周武王伐纣时曾在此大会诸侯。⑤咸阳：秦时都城，此借指长安，时汉献帝被挟至长安。⑥雁行（háng）：飞雁的行列，形容诸军列阵后

观望不前的样子。⑦嗣：后来。还：同“旋”，不久。自相戕（qiāng）：自相残杀。当时盟军内部的袁绍、公孙瓒等部之间发生了攻杀。⑧淮南弟称号：袁绍的异母弟袁术于197年在淮南寿春（今安徽寿县）自立为帝。⑨刻玺于北方：191年袁绍谋废献帝，欲立幽州牧刘虞为皇帝，并刻制印玺。⑩铠甲生虮虱：由于长年战争，战士们不脱战服，铠甲上都生了虱子。虮，指虱卵。

《仿李成寒林平野文徵明题长歌合卷》局部（明　谢时臣）

36. 曹操《短歌行》①

对酒当歌，人生几何？譬如朝露，去日苦多②。
慨当以慷③，忧思难忘。何以解忧？唯有杜康④。
青青子衿，悠悠我心⑤。但为君故，沉吟至今。
呦呦鹿鸣，食野之苹⑥。我有嘉宾，鼓瑟吹笙。
明明如月，何时可掇⑦？忧从中来，不可断绝。
越陌度阡⑧，枉用相存⑨。契阔谈讌⑩，心念旧恩。
月明星稀，乌鹊南飞。绕树三匝，何枝可依？
山不厌高，海不厌深⑪。周公吐哺，天下归心⑫。

【注释】

①短歌行：乐府《平调曲》名。②去日苦多：已经过去的日子太多了。用于感叹光阴易逝之语。③慨当以慷：宴会上的歌声激昂慷慨。④杜康：相传是最早造酒的人，这里代指酒。⑤青青子衿（jīn），悠悠我心：出自《诗经·郑风·子衿》，喻渴望得到有才学的人。青衿，青色的衣领，代指读书人。悠悠，长久，形容思虑连绵不断。⑥呦（yōu）呦鹿鸣，食野之苹：出自《诗经·小雅·鹿鸣》。呦呦，鹿叫的声音。苹，艾蒿。

⑦掇（duō）：摘取。⑧越陌度阡：穿过纵横交错的小路。陌，东西向田间小路。阡，南北向田间小路。⑨枉用相存：屈驾来访。存，问候。⑩契阔："契"是投合，"阔"是疏远，偏用"契"义，这里是久别重逢的意思，对应"旧恩"。讌：同"宴"。⑪山不厌高，海不厌深：希望尽可能多地接纳人才。⑫周公吐哺，天下归心：引周公自比，说明求贤建业的心思。哺（bǔ），口中咀嚼的食物。《史记》载周公自谓："……我于天下亦不贱矣，然我一沐三握（一作'捉'）发，一饭三吐哺，起以待士，犹恐失天下之贤人。"

37. 曹丕《燕歌行（其一）》①

秋风萧瑟天气凉，草木摇落露为霜。

群燕辞归鹄南翔，念君客游思断肠。

慊慊②思归恋故乡，何为淹留寄他方？

贱妾茕茕③守空房，忧来思君不敢忘，不觉泪下沾衣裳。

援琴鸣弦发清商④，短歌微吟不能长。

明月皎皎照我床，星汉西流夜未央。

牵牛织女遥相望，尔独何辜限河梁⑤。

【注释】

①燕歌行：乐府《平调曲》名，多半写离别。燕是北方边地，征戍不绝。②慊（qiàn）慊：不满足。③茕（qióng）茕：孤独无依的样子。④援：执，持。清商：曲调名。清商音节短促，所以下句说“短歌微吟不能长”。⑤尔：牵牛、织女。河梁：河上的桥。

38. 曹植《白马篇》[1]

白马饰金羁[2]，连翩[3]西北驰。
借问谁家子，幽并[4]游侠儿。
少小去乡邑[5]，扬声沙漠垂[6]。
宿昔秉良弓，楛矢[7]何参差。
控弦破左的[8]，右发摧月支[9]。
仰手接飞猱[10]，俯身散马蹄[11]。
狡捷过猴猿，勇剽若豹螭[12]。
边城多警急，虏骑数迁移[13]。
羽檄[14]从北来，厉马[15]登高堤。
长驱蹈匈奴[16]，左顾凌鲜卑[17]。
弃身锋刃端，性命安可怀[18]？
父母且不顾，何言子与妻！
名编壮士籍[19]，不得中顾私[20]。
捐躯赴国难，视死忽如归！

【注释】

①白马篇：乐府歌辞篇名。相传曹植见人乘白马而作。②金羁（jī）：金饰的马笼头。③连翩（piān）：连续不断，原指鸟飞的样子，此处形容白马奔驰的俊逸形象。④幽并：幽州和并州。约在今河北、山西、陕西的一部分地区。⑤去乡邑：离开家乡。⑥扬声：扬名。垂：同“陲”，边境。⑦楛（hù）矢：用楛木做成的箭。⑧控弦：开弓。的：箭靶。⑨摧：毁坏。月支：一种箭靶的名称。“控弦破左的，右发摧月支”中“左”“右”是互文见义。⑩飞猱（náo）：敏捷的猿猴。⑪散：射碎。马蹄：一种箭靶的名称。⑫勇剽（piāo）：勇敢剽悍。螭（chī）：传说中形状如龙的黄色猛兽。⑬虏骑（jì）：匈奴、鲜卑的骑兵。数（shuò）迁移：指经常举兵入侵。⑭羽檄（xí）：军事文书，插鸟羽以示紧急，必须迅速传递。⑮厉马：扬鞭策马。⑯长驱：向前奔驰不止。蹈：践踏。⑰凌：压制。鲜卑：中国东北方的少数民族，东汉末成为北方强族。⑱怀：爱惜。⑲籍：名册。⑳中顾私：心里想着私事。

指画《白马》(清　高其佩)

39. 曹植《野田黄雀行》①

高树多悲风，海水扬其波②。
利剑③不在掌，结友何须多？
不见篱间雀，见鹞④自投罗。
罗家⑤得雀喜，少年见雀悲。
拔剑捎⑥罗网，黄雀得飞飞。
飞飞摩苍天⑦，来下谢少年。

【注释】

①《野田黄雀行》：曹植后期的作品。②高树多悲风，海水扬其波：比喻环境凶险。扬其波，即掀起波浪。③利剑：锋利的剑。这里比喻权势。④鹞（yào）：一种非常凶狠的鸟类，似鹰，但体形较小。⑤罗家：设罗网捕雀的人。⑥捎（shāo）：除去。⑦摩苍天：形容黄雀飞得很高。摩，接近、迫近。

七、陶渊明诗文

40.《归园田居（其一）》

少无适俗韵，性本爱丘山。

误落尘网中，一去三十年。

羁鸟恋旧林，池鱼思故渊。

开荒南野际，守拙归园田。

方宅十余亩，草屋八九间。

榆柳荫后檐，桃李罗堂前。

暧暧①远人村，依依墟里烟②。

狗吠深巷中，鸡鸣桑树颠。

户庭无尘杂，虚室有余闲。

久在樊笼③里，复得返自然。

【注释】

①暧（ài）暧：暗淡的样子。②依依：轻柔的样子。墟里：村落。③樊笼：蓄鸟用的工具，这里比喻不自由的境地。

出自《陶渊明诗意图》（清　石涛）

41.《饮酒（其五）》

结庐在人境，而无车马喧。

问君何能尔？心远地自偏。

采菊东篱下，悠然见南山①。

山气日夕佳，飞鸟相与还②。

此中有真意，欲辨已忘言。

【注释】

①南山：泛指山峰，一说指庐山。②相与还：结伴而归。相与，相交、结伴。

《桃花源图》(清　查士标)

42.《归去来兮辞》（节选）

归去来兮，田园将芜胡不归？既自以心为形役，奚惆怅而独悲？悟已往之不谏，知来者之可追；实迷途其未远，觉今是而昨非。舟遥遥以轻飏①，风飘飘而吹衣。问征夫以前路，恨晨光之熹微②。

乃瞻衡宇③，载④欣载奔。僮仆欢迎，稚子候门。三径⑤就荒，松菊犹存。携幼入室，有酒盈樽。引壶觞以自酌，眄庭柯以怡颜⑥。倚南窗以寄傲，审容膝之易安⑦。园日涉⑧以成趣，门虽设而常关。策扶老以流憩⑨，时矫首⑩而遐观。云无心以出岫，鸟倦飞而知还。景翳翳以将入⑪，抚孤松而盘桓。

【注释】

①飏（yáng）：船缓缓前进。②熹微：微亮，天未大亮。③衡宇：犹衡门。衡，同“横”。横木为门，形容房屋简陋。

④载（zài）：语气助词。⑤三径：汉代蒋诩隐居后，在屋前竹林中开了三条小路，只与隐士求仲、羊仲二人交往。这里指归隐后所居的田园。⑥眄（miǎn）：斜视。柯：树枝。⑦审：明白，深知。容膝：形容居室狭小，仅能容膝。⑧涉：到。⑨策：拄着。扶老：手杖。⑩矫首：抬头。⑪景（jǐng）：日光。翳（yì）翳：光线暗弱。

《画渊明归去来辞图》（元　赵孟頫）

43.《五柳先生传》（节选）

先生不知何许人也，亦不详其姓字。宅边有五柳树，因以为号焉。闲静少言，不慕荣利。好读书，不求甚解。每有会意，便欣然忘食。性嗜酒，家贫不能常得。亲旧知其如此，或置酒而招之。造①饮辄尽，期在必醉。既醉而退，曾②不吝情去留。环堵③萧然，不蔽风日。短褐穿结④，箪瓢屡空，晏如⑤也。常著文章自娱，颇示己志。忘怀得失，以此自终。

【注释】

①造：往，到。②曾（zēng）：乃，竟。③环堵：房屋的四面墙。④短褐（hè）：粗布短衣。穿结：衣服破烂。⑤晏如：安然自若的样子。

出自《陶渊明诗意图》（清　石涛）

八、李白诗歌

44.《南陵①别儿童入京》★

白酒新熟山中归，黄鸡啄黍秋正肥。

呼童烹鸡酌白酒，儿女嬉笑牵人衣。

高歌取醉欲自慰，起舞落日争光辉。

游说万乘②苦不早，著鞭跨马涉远道。

会稽愚妇轻买臣③，余亦辞家西入秦④。

仰天大笑出门去，我辈岂是蓬蒿人⑤。

【注释】

①南陵：一说在山东，曲阜南有陵城村，人称南陵；一说在今安徽省南陵县。②万乘（shèng）：君主。周朝制度，天子地方千里，车万乘。后来称皇帝为万乘。③买臣：朱买臣，西汉吴县（今江苏苏州）人。④西入秦：从南陵动身西行到长安去。⑤蓬蒿人：草野之人，也就是没有当官的人。

《李白行吟图》（南宋　梁楷）

45.《宣州谢朓楼饯别校书叔云》①

弃我去者，昨日之日不可留；

乱我心者，今日之日多烦忧。

长风万里送秋雁，对此可以酣高楼。

蓬莱文章建安骨②，中间小谢又清发③。

俱怀逸兴④壮思飞，欲上青天揽明月。

抽刀断水水更流，举杯消愁愁更愁。

人生在世不称意，明朝散发弄扁舟⑤。

【注释】

①宣州：在今安徽省宣城市宣州区一带。谢朓（tiǎo）楼，又名北楼、谢公楼，在陵阳山上，谢朓任宣城太守时所建。校（jiào）书：官名，即校书郎，掌管朝廷的图书整理工作。叔云：李白的叔叔李云。②蓬莱：此指东汉时藏书之东观。建安骨：建安风骨，指建安时期以曹操父子和“建安七子”的诗文创作风格为代表的文学风格。③小谢：谢朓（464—499），字玄晖，南朝齐诗人。后人将他和谢灵运并举，称之为“小

谢”“大谢”。这里用以自喻。清发：清新焕发。④逸兴：飘逸豪放的兴致，多指山水游兴。⑤弄扁（piān）舟：隐逸于江湖之中。扁舟，指小船。

《杖藜远眺》（明　沈周）

46.《将进酒》①

君不见黄河之水天上来，奔流到海不复回。

君不见高堂明镜悲白发②，朝如青丝暮成雪。

人生得意须尽欢，莫使金樽空对月。

天生我材必有用，千金散尽还复来。

烹羊宰牛且为乐，会须一饮三百杯。

岑夫子③，丹丘生④，将进酒，杯莫停。

与君歌一曲，请君为我倾耳听。

钟鼓馔玉⑤不足贵，但愿长醉不复醒。

古来圣贤皆寂寞，惟有饮者留其名。

陈王昔时宴平乐⑥，斗酒十千恣欢谑。

主人何为言少钱，径须⑦沽取对君酌。

五花马⑧、千金裘，呼儿将出换美酒，与尔同销万古愁。

【注释】

①将进酒：汉乐府《铙歌》名。内容大都写游乐饮宴。将

(qiāng)：请。②高堂：房屋的正室厅堂。一说指父母，一说指床头。③岑夫子：岑勋，李白的好友。④丹丘生：元丹丘，李白的好友。⑤馔(zhuàn)玉：形容食物如玉一样精美。⑥陈王：陈思王曹植。平乐(lè)：宫观名，在洛阳西门外，东汉时明帝所建。曹植《名都篇》有"归来宴平乐，美酒斗十千"句。⑦径须：干脆，只管。⑧五花马：名贵的马，毛色作五花。

《太白醉酒图》(清　苏六朋)

47.《子夜吴歌·秋歌》

长安一片月，万户捣衣[①]声。

秋风吹不尽，总是玉关[②]情。

何日平胡虏，良人[③]罢远征？

【注释】

①捣衣：把衣料放在石砧上用棒槌捶击，使衣料绵软以便裁缝。②玉关：玉门关，故址在今甘肃省敦煌市西北，此处代指男子戍边之地。③良人：古代妇女对丈夫的称呼。

48.《塞下曲（其一）》

五月天山雪，无花只有寒。

笛中闻折柳，春色未曾看。

晓战随金鼓，宵眠抱玉鞍。

愿将腰下剑，直为斩楼兰。

《天山积雪图》（清　华嵒）

九、杜甫诗歌

49.《旅夜书怀》

细草微风岸，危樯独夜舟[①]。

星垂平野阔[②]，月涌大江流[③]。

名岂文章著，官应老病休[④]。

飘飘何所似，天地一沙鸥。

【注释】

①危樯（qiáng）：高竖的桅杆。独夜舟：意谓自己孤零零一个人夜泊江边。②星垂平野阔：星空低垂，原野显得格外广阔。③月涌：月亮的倒影随水流涌。大江：长江。④名岂文章著，官应老病休：这两句是用“反言以见意”的手法写的。上句说怀有经国济世的大志，所以不以文章闻名为意；下句说罢官是因为老病，故作反语。

50.《闻官军①收河南河北》

剑外忽传收蓟北②，初闻涕泪满衣裳。

却看妻子愁何在，漫卷诗书喜欲狂。

白日放歌须纵酒，青春作伴好还乡。

即从巴峡穿巫峡③，便下襄阳向洛阳。

【注释】

①官军：唐朝军队。②剑外：剑门关以南，这里指四川。蓟（jì）北：泛指唐代幽州、蓟州一带，今河北北部地区，是安史叛军的根据地。③巫峡：长江三峡之一，因穿过巫山得名。

《三峡瞿塘图页》（元　盛懋）

51.《蜀相》①

丞相祠堂②何处寻？锦官城外柏森森③。

映阶碧草自春色，隔叶黄鹂空好音。

三顾频烦天下计，两朝开济老臣心④。

出师未捷身先死，长使英雄泪满襟。

【注释】

①蜀相：三国蜀汉丞相，指诸葛亮。②丞相祠堂：成都武侯祠。③锦官城：成都的别名。柏（bǎi）森森：柏树茂盛繁密。④两朝：刘备、刘禅父子两朝。开：开创。济：扶助。

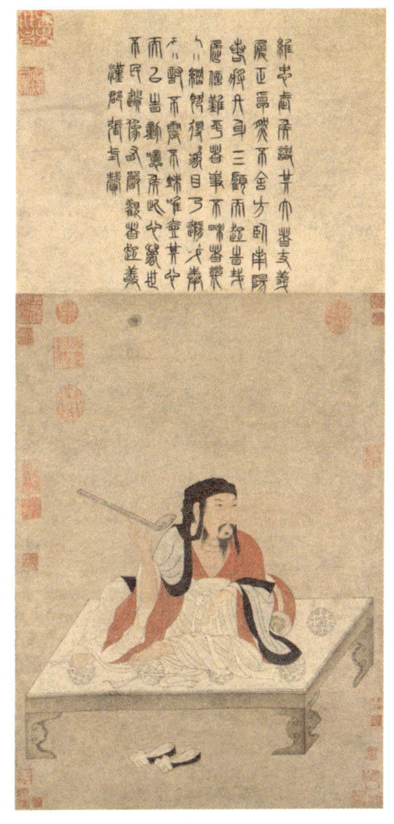

《诸葛亮像》（元　赵孟頫）

52.《月夜》

今夜鄜州①月，闺中只独看。

遥怜小儿女，未解忆长安。

香雾云鬟②湿，清辉玉臂寒。

何时倚虚幌③，双照泪痕干。

【注释】

①鄜（fū）州：今陕西省富县。天宝十五载（756）春，安禄山由洛阳攻潼关。六月，杜甫携家逃往鄜州羌村。八月，他只身离家奔赴灵武，被叛军所俘，押送至长安。此诗为望月思家而作。②云鬟（huán）：高耸的环形发髻。③虚幌：透明的窗帷。幌，帷幔，窗帘。

53.《登高》①

风急天高猿啸哀，渚②清沙白鸟飞回。

无边落木萧萧下，不尽长江滚滚来。

万里悲秋常作客，百年多病独登台。

艰难苦恨繁③霜鬓，潦倒新停④浊酒杯。

【注释】

①《登高》：此诗作于唐代宗大历二年（767）秋天，杜甫时年约五十六岁，卧病夔州。该诗被誉为“千古七律第一”。②渚（zhǔ）：水中的小块陆地。③繁：这里用作动词，增多。④新停：刚刚停止。杜甫晚年因病戒酒，所以说“新停”。

出自《杜甫诗意图册》（清　王时敏）

54.《饮中八仙歌》[1]★

知章[2]骑马似乘船，眼花落井水底眠。

汝阳[3]三斗始朝天，道逢曲车[4]口流涎，恨不移封[5]向酒泉。

左相[6]日兴费万钱，饮如长鲸[7]吸百川，衔杯乐圣称避贤。

宗之[8]潇洒美少年，举觞白眼望青天[9]，皎如玉树临风前。

苏晋长斋绣佛前[10]，醉中往往爱逃禅[11]。

李白一斗诗百篇，长安市上酒家眠。

天子呼来不上船，自称臣是酒中仙。

张旭[12]三杯草圣传，脱帽露顶王公前，挥毫落纸如云烟。

焦遂[13]五斗方卓然，高谈雄辩惊四筵。

【注释】

①《饮中八仙歌》：此诗约作于天宝五载（746）杜甫初到长安时。长安时有“酒中八仙人”，他们在嗜酒、豪放、旷达方面相似，杜甫此诗是为这八人写“肖像”。②知章：贺知章。③汝阳：汝阳王李琎，唐玄宗的侄子。④曲（qū）车：酒车。⑤移封：改换封地。⑥左相：左丞相李适之。⑦长鲸：鲸鱼。古人以为鲸鱼能吸百川之水，故此处被杜甫用来形容李适之的酒量之大。⑧宗之：崔宗之，李白的朋友。⑨觞：盛满酒的杯子，亦泛指酒器。白眼：三国魏阮籍能作青白眼，青眼看朋友，白眼视俗人。⑩苏晋：开元进士，曾为户部和吏部侍郎。长斋：长期斋戒。绣佛：以彩丝绣成的佛像。⑪逃禅：这里指不守佛门戒律。⑫张旭：苏州吴（今江苏苏州）人，唐代著名书法家，善草书，时人称之为“草圣”。⑬焦遂：布衣之士，平民，以嗜酒闻名。

《临李伯时饮中八仙全图》局部（明　唐寅）

十、唐代边塞诗

55. 王之涣《凉州词（其一）》①

黄河远上白云间，一片孤城万仞[2]山。

羌笛[3]何须怨杨柳，春风不度玉门关[4]。

【注释】

①凉州词：又称凉州曲，是唐朝流行的一种曲调名。凉州，在今甘肃武威一带。②仞：古代长度单位。③羌笛：横吹式管乐器，唐代边塞地区常见的一种乐器。④玉门关：汉武帝置，因西域输入玉石取道于此而得名。

56. 杨炯《从军行》

烽火照西京，心中自不平。

牙璋辞凤阙①，铁骑绕龙城。

雪暗凋旗画，风多杂鼓声。

宁为百夫长②，胜作一书生。

【注释】

①牙璋：调兵的符牒，这里指代奉命出征的将帅。凤阙：泛指帝王宫阙。②百夫长：古代统领百人左右队伍的军官。

《赠珂雪山水图卷》（明　董其昌）

57. 王翰《凉州词（其一）》

葡萄美酒夜光杯，欲饮琵琶马上催。

醉卧沙场君莫笑，古来征战几人回？

《征人晓发图》（宋　佚名）

58. 王维《使至塞上》①

单车欲问边，属国过居延②。

征蓬③出汉塞，归雁入胡天。

大漠孤烟直，长河落日圆。

萧关逢候骑④，都护在燕然⑤。

【注释】

①《使至塞上》：唐玄宗开元二十五年（737）春，唐玄宗命王维以监察御史的身份出使凉州，出塞宣慰，察访军情，出任河南节度使，该诗作于出塞途中。②属国：唐人有时以"属国"代称出使边陲的使臣。居延：湖名，汉称居延泽，唐称居延海，在今内蒙古额济纳旗西北。③征蓬：随风飘飞的蓬草，此处为诗人自喻。④萧关：古关名，又名陇山关，故址在今宁夏固原东南。候骑：骑马的侦察兵。⑤都护：唐朝在西北边疆设六大都护府，这里指前敌统帅。燕然：燕然山，即今蒙古国杭爱山。东汉窦宪北破匈奴，曾于此刻石记功。这里代指前线。

59. 高适《塞上听吹笛》

雪净胡天牧马还，月明羌笛戍楼间。

借问梅花何处落，风吹一夜满关山。

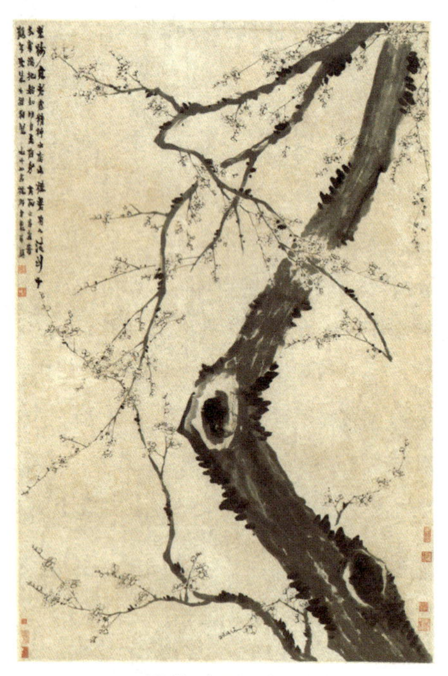

《梅花图》（清　金农）

60. 王昌龄《出塞》

秦时明月汉时关，万里长征人未还。

但使龙城飞将在，不教胡马度阴山。

《人马图》局部（元　任仁发）

61. 王昌龄《从军行（其二）》

琵琶起舞换新声，总是关山旧别情。

撩乱边愁听不尽，高高秋月照长城。

62. 王昌龄《从军行（其四）》

青海长云暗雪山，孤城遥望玉门关。

黄沙百战穿金甲，不破楼兰终不还。

《关山雪霁图》局部（明　董其昌）

63. 王昌龄《从军行（其五）》

大漠风尘日色昏，红旗半卷出辕门。

前军夜战洮河①北，已报生擒吐谷浑②。

【注释】

①洮（táo）河：河名，在今甘肃省。②吐谷（yù）浑：中国古代民族名，晋时鲜卑慕容部的一支。

《雪山策蹇图》（元　唐棣）

64. 李贺《雁门太守行》

黑云压城城欲摧，甲光向日金鳞开。

角声满天秋色里，塞上燕脂凝夜紫。

半卷红旗临易水，霜重鼓寒声不起。

报君黄金台上意，提携玉龙为君死。

《关山积雪图》局部（明　文徵明）

十一、“韩柳”散文

65. 韩愈《送孟东野序》（节选）

大凡物不得其平则鸣。草木之无声，风挠之鸣；水之无声，风荡之鸣。其跃也或激①之，其趋也或梗之，其沸也或炙之。金石之无声，或击之鸣。人之于言也亦然，有不得已者而后言。其歌也有思，其哭也有怀。凡出乎口而为声者，其皆有弗平者乎！

【注释】

①激：阻遏水势。《孟子·告子上》："今夫水，搏而跃之，可使过颡；激而行之，可使在山。"后世也称石堰之类的挡水建筑物为"激"。

《送别图》(宋　佚名)

66. 韩愈《祭十二郎文》（节选）★

去年①，孟东野②往，吾书与汝曰："吾年未四十，而视茫茫，而发苍苍，而齿牙动摇。念诸父与诸兄，皆康强而早世，如吾之衰者，其能久存乎？吾不可去，汝不肯来，恐旦暮死，而汝抱无涯之戚③也。"孰谓少者殁而长者存，强者夭而病者全乎？呜呼！其信然邪？其梦邪？其传之非其真邪？信也，吾兄之盛德而夭其嗣乎？汝之纯明而不克蒙其泽乎？少者强者而夭殁、长者衰者而存全乎？未可以为信也！梦也，传之非其真也！东野之书、耿兰④之报，何为而在吾侧也？呜呼！其信然矣！吾兄之盛德而夭其嗣矣！汝之纯明宜业其家者，不克蒙其泽矣！所谓天者诚难测，而神者诚难明矣！所谓理者不可推，而寿者不可知矣！虽然，吾自今年来，苍苍者或化而为白矣，动摇者或脱而落矣⑤，毛血⑥日益衰，志气日益微，几何不从汝而死也！死而有知，其几何离⑦？其无知，悲不几时，而不悲者无穷期矣！汝之子⑧始十岁，吾之子⑨始五岁，少而强者不可保，如此孩提者，又可冀其成立邪？呜呼哀哉！呜呼哀哉！

【注释】

①去年：指贞元十八年(802)。②孟东野：韩愈的诗友孟郊，是年出任溧阳（今属江苏）尉，溧阳去宣州不远，故韩愈托他捎信给宣州的十二郎。③无涯之戚：无穷的悲伤。④耿兰：生平不详，当是宣州韩氏别业的管家人。⑤动摇者或脱而落矣：时年韩愈有《落齿》诗云："去年落一牙，今年落一齿。俄然落六七，落势殊未已。"⑥毛血：指人的毛发与气血。⑦其几何离：分离会有多久呢。意谓死后仍可相会。⑧汝之子：十二郎有二子，长子韩湘，次子韩滂。韩滂出嗣十二郎的哥哥韩百川为子，见韩愈《韩滂墓志铭》。"汝之子"当指长子韩湘。⑨吾之子：指韩愈长子韩昶，贞元十五年（799）韩愈居符离（今安徽宿州符离集）时所生。

67. 柳宗元《小石潭记》（节选）

从小丘[①]西行百二十步，隔篁竹[②]，闻水声，如鸣珮环[③]，心乐之。伐竹取道，下见小潭，水尤清冽。全石以为底，近岸，卷石底以出，为坻[④]，为屿[⑤]，为嵁[⑥]，为岩。青树翠蔓[⑦]，蒙络摇缀，参差披拂[⑧]。

潭中鱼可百许头，皆若空游无所依，日光下澈，影布石上。佁然[⑨]不动，俶尔[⑩]远逝，往来翕忽[⑪]，似与游者相乐。

【注释】

①小丘：在小石潭东面。②篁竹：竹林。③如鸣珮环：好像人身上佩戴的珮环相碰击发出的声音。④坻（chí）：水中高地。⑤屿：小岛。⑥嵁（kān）：高低不平的岩石。⑦翠蔓：碧绿的茎蔓。⑧蒙络摇缀，参差披拂：（树枝藤蔓）遮掩缠绕，摇动下垂，参差不齐，随风飘拂。⑨佁（yǐ）然：静止的样子。⑩俶（chù）尔：忽然。⑪翕（xī）忽：轻快敏捷的样子。

《绝壑高闲图》（明　文徵明）

十二、苏轼诗词文

68.《和子由渑池怀旧》①

人生到处知何似，应似飞鸿踏雪泥。
泥上偶然留指爪，鸿飞那复计东西。
老僧已死成新塔②，坏壁③无由见旧题。
往日崎岖还记否，路长人困蹇驴④嘶。

【注释】

①《和子由渑池怀旧》：这首诗是和苏辙《怀渑池寄子瞻兄》而作。渑（miǎn）池：今河南省渑池县。②老僧：诗人奉闲。塔：古代僧人死后，以塔藏其遗体。③坏壁：嘉祐二年（1057），苏轼与苏辙赴京应举途中曾寄宿于奉闲僧舍，并题诗于墙壁。④蹇（jiǎn）驴：腿脚不灵便的驴子。蹇，跛脚。

69.《江城子·密州出猎》

老夫聊[①]发少年狂，左牵黄，右擎苍，锦帽貂裘，千骑卷平冈。为报倾城随太守，亲射虎，看孙郎[②]。

酒酣胸胆尚开张，鬓微霜，又何妨！持节[③]云中，何日遣冯唐？会挽雕弓如满月，西北望，射天狼[④]。

【注释】

①聊：姑且，暂且。②孙郎：孙权。这里借以自喻。③持节：奉有朝廷重大使命的意思。节，兵符，传达命令的符节。④天狼：星名，又称犬星。古星象家以为此星主侵掠，这里以之隐喻侵犯北宋边境的辽与西夏。

70.《蝶恋花·春景》

花褪残红青杏小。燕子飞时，绿水人家绕。
枝上柳绵吹又少，天涯何处无芳草①！

墙里秋千墙外道。墙外行人，墙里佳人笑。
笑渐不闻声渐悄，多情却被无情恼②。

【注释】

①天涯何处无芳草：春光已晚，芳草长遍天涯。②多情：这里代指墙外的行人。无情：这里代指墙内的佳人。

《蝶恋花图》(清　周闲)

71.《狱中寄子由（其一）》

圣主如天万物春，小臣愚暗①自亡身。

百年未满先偿债②，十口无归更累人。

是处③青山可埋骨，他年夜雨独伤神。

与君世世为兄弟，更结来生未了因④。

【注释】

①愚暗：愚昧而不明事理。②偿债：偿还前债。③是处：处处。④未了因：佛教用语，没有了结的因缘。

72.《定风波·莫听穿林打叶声》[1]

（三月七日，沙湖道中遇雨。雨具先去，同行皆狼狈，余独不觉。已而遂晴，故作此词。）

莫听穿林打叶声，何妨吟啸且徐行。竹杖芒鞋[2]轻胜马，谁怕？一蓑烟雨任平生。

料峭春风吹酒醒，微冷，山头斜照却相迎。回首向来萧瑟处，归去，也无风雨也无晴。

【注释】

①《定风波·莫听穿林打叶声》：元丰二年（1079），苏轼因“乌台诗案”入狱，出狱后被贬为黄州团练副使。此词作于苏轼被贬黄州后的第三个春天，即宋神宗元丰五年（1082）。

②芒鞋：用芒茎外皮编织成的鞋。亦泛指草鞋。

潤州棲雲馮尊師棄官入道三十年矣今七十餘

《木石图》(北宋　苏轼)

73.《前赤壁赋》（节选）

壬戌[1]之秋，七月既望[2]，苏子与客泛舟游于赤壁之下。清风徐来，水波不兴。举酒属[3]客，诵明月之诗，歌窈窕[4]之章。少焉[5]，月出于东山之上，徘徊于斗牛[6]之间。白露横江[7]，水光接天。纵一苇之所如，凌万顷之茫然[8]。浩浩乎如冯虚御风[9]，而不知其所止；飘飘乎如遗世[10]独立，羽化[11]而登仙。

于是饮酒乐甚，扣舷[12]而歌之。歌曰：“桂棹兮兰桨[13]，击空明兮溯流光[14]。渺渺[15]兮予怀，望美人[16]兮天一方。”客有吹洞箫者，倚歌而和之[17]。其声呜呜然，如怨如慕，如泣如诉；余音袅袅，不绝如缕。舞幽壑之潜蛟，泣孤舟之嫠妇[18]。

【注释】

①壬戌（rénxū）：元丰五年（1082），岁次壬戌。古代以干支纪年，该年为壬戌年。②既望：农历每月十六日。农历每月十五日为“望日”，十六日为“既望”。③属（zhǔ）：注入，引申为劝酒。④窈窕（yǎotiǎo）之章：《诗经·陈风·月出》诗首章为“月出皎兮，佼人僚兮。舒窈纠兮，劳心悄兮。”⑤少焉：一会儿。⑥斗牛：星宿名，即斗宿（南斗）、牛宿。⑦白露：白茫茫的水汽。横江：横贯江面。⑧纵一苇之所如，凌万顷之茫然：任凭小船在宽广的江面上漂荡。纵，任凭。一苇，比喻极小的船。⑨冯（píng）虚御风：乘风腾空而遨游。冯，同“凭”。⑩遗世：离开尘世。⑪羽化：传说成仙的人能像长了翅膀一样飞升。⑫扣舷（xián）：敲打着船边，指打节拍。⑬桂棹（zhào）兮兰桨：桂木做的棹，兰木做的桨。⑭空明：月亮倒映水中的澄明之色。流光：在水波上闪动的月光。⑮渺渺：悠远的样子。⑯美人：比喻心中美好的理想或贤明的君王。⑰倚歌：按照歌曲的声调节拍。和：同声相应，唱和。⑱嫠（lí）妇：寡妇。

《赤壁图》(金　武元直)

74.《记承天寺①夜游》

元丰六年十月十二日夜，解衣欲睡，月色入户，欣然起行。念无与为乐者，遂至承天寺寻张怀民。怀民②亦未寝，相与步于中庭。庭下如积水空明，水中藻、荇交横，盖竹柏影也。何夜无月？何处无竹柏？但少闲人如吾两人者耳。

【注释】

①承天寺：故址在今湖北黄冈南。②怀民：张怀民，作者的朋友，元丰六年(1083)也被贬到黄州，寓居承天寺。

十三、陆游诗词

75.《金错刀行》

黄金错刀[1]白玉装，夜穿窗扉出光芒。

丈夫五十功未立，提刀独立顾八荒。

京华[2]结交尽奇士，意气相期共生死。

千年史册耻无名，一片丹心报天子。

尔来从军天汉滨[3]，南山晓雪玉嶙峋[4]。

呜呼！楚虽三户能亡秦[5]，岂有堂堂中国空无人？

【注释】

①黄金错刀：嵌饰黄金的刀。②京华：京城之美称。这里指南宋京城临安（今杭州市）。③天汉滨：汉水边。这里指汉中一带。④南山：终南山，在陕西省南部。嶙峋：山峰高耸重叠的样子。⑤楚虽三户能亡秦：战国时，秦攻楚，占领了楚国不少地方。楚人激愤，有楚南公云："楚虽三户，亡秦必楚。"意思是楚国即使只剩下三户人家，最后也一定能报仇灭秦。三户，指屈、景、昭三家。

陆游书尺牍

76.《夜泊水村》

腰间羽箭①久凋零，太息燕然未勒铭②。
老子犹堪绝大漠③，诸君何至泣新亭④。
一身报国有万死，双鬓向人无再青。
记取江湖泊船处，卧闻新雁落寒汀⑤。

【注释】

①羽箭：箭尾插羽毛，称羽箭。②太息：大声叹气，深深地叹息。燕然：山名，在今蒙古国境内。勒铭：刻上铭文。东汉和帝永元元年（89），车骑将军窦宪大败北匈奴，追击单于至燕然山，命随军文士班固写了一篇铭文，把铭文刻写在巨石上，记载这次战功。此句作者借此典故指自己未能建立战功。③老子：陆游自称，犹言老夫。绝大漠：横渡大沙漠。大漠，古瀚海，亦称大碛。在蒙古国与我国内蒙古之间，西接新疆。④新亭：在今南京市西南。⑤汀（tīng）：水边平地，小洲。

《水村图》(北宋　赵令穰)

77.《书愤》①

早岁那知世事艰②，中原北望气如山。

楼船夜雪瓜洲渡③，铁马秋风大散关④。

塞上长城空自许⑤，镜中衰鬓已先斑。

出师一表真名世，千载谁堪伯仲间！

【注释】

①书愤：书写自己的愤恨之情。②世事艰：指抗金大业屡遭破坏。③楼船：又名明轮船、车轮舸，此处指采石之战中宋军使用的车船。瓜洲：在今江苏扬州邗江区瓜洲镇东南，与镇江隔江相对，是当时的江防要地。④大散关：在今陕西宝鸡西南，是当时宋、金的西部边界。⑤塞上长城空自许：意谓作者徒然地自许为“塞上长城”。塞上长城，比喻能守边的将领。

78.《钗头凤·红酥手》

红酥手，黄縢[①]酒，满城春色宫墙柳。东风恶，欢情薄。一怀愁绪，几年离索。错、错、错！

春如旧，人空瘦，泪痕红浥鲛绡透[②]。桃花落，闲池阁。山盟虽在，锦书难托。莫、莫、莫！

【注释】

①黄縢（téng）：酒名。②浥（yì）：湿润。鲛绡（jiāoxiāo）：传说中鲛人所织的绡，极薄，后用以泛指薄纱，这里指手帕。

出自《花卉八开页》(清 邹一桂)

79.《诉衷情·当年万里觅封侯》

当年万里觅封侯，匹马戍梁州①。关河②梦断何处？尘暗旧貂裘。

胡未灭，鬓先秋，泪空流。此生谁料，心在天山③，身老沧洲④。

【注释】

①梁州：今陕西南部汉中地区。②关河：关塞、河流。一说指潼关、黄河之所在。此处泛指汉中前线险要的地方。③天山：在中国西北部，是汉唐时的边疆。④沧洲：古时常用来泛指隐士居住之地，此指作者镜湖之滨的家乡。

《沧洲趣图》局部（明　沈周）

十四、辛弃疾词

80.《永遇乐·京口[1]北固亭怀古》

千古江山，英雄无觅，孙仲谋[2]处。舞榭歌台，风流总被，雨打风吹去。斜阳草树，寻常巷陌，人道寄奴[3]曾住。想当年，金戈铁马，气吞万里如虎[4]。

元嘉草草[5]，封狼居胥[6]，赢得[7]仓皇北顾。四十三年[8]，望中犹记，烽火扬州路[9]。可堪回首，佛狸祠[10]下，一片神鸦社鼓[11]。凭谁问，廉颇[12]老矣，尚能饭否？

【注释】

①京口：古城名，在今江苏镇江。因临京岘山、长江口而得名。②孙仲谋：三国时的吴王孙权，字仲谋，曾建都京口。③寄奴：南朝宋武帝刘裕的小名。刘裕，南北朝时期宋朝的建立者，史称宋武帝。④想当年，金戈铁马，气吞万里如虎：刘裕曾两次领兵北伐，收复洛阳、长安等地。⑤元嘉：刘裕子刘义隆年号。草草：轻率。⑥封狼居胥：元狩四年（119）霍去病远征匈奴，歼敌七万余人，封狼居胥山而还。狼居胥

山，在今蒙古国境内。⑦赢得：剩得，落得。⑧四十三年：作者于1162年南归，到写该词时（1205年）正好为四十三年。⑨烽火扬州路：指当年扬州路上，到处是金兵南侵的战火烽烟。路，宋朝时的行政区划，扬州属淮南东路。⑩佛（bì）狸祠：北魏太武帝拓跋焘小名佛狸。450年，他曾反击刘宋，两个月内，兵锋南下，五路远征军分道并进，从黄河北岸一路穿插到长江北岸，在长江北岸瓜步山建立行宫，即后来的佛狸祠。⑪社鼓：祭祀时的鼓声。⑫廉颇：战国时赵国名将。《史记·廉颇蔺相如列传》记载，廉颇被免职后，去了魏国，赵王想再用他，派人去看他的身体情况，廉颇的仇人郭开贿赂使者，使者见到廉颇，“廉颇为之一饭斗米，肉十斤，被甲上马，以示尚可用”。使者回来报告赵王说：“廉将军虽老，尚善饭，然与臣坐，顷之三遗矢矣。”赵王以为廉颇已老，遂不用。

出自《仿古山水册》（明　董其昌）

81.《青玉案·元夕》

东风夜放花千树[①]，更吹落，星如雨[②]。宝马雕车[③]香满路。凤箫[④]声动，玉壶[⑤]光转，一夜鱼龙舞[⑥]。

蛾儿雪柳黄金缕[⑦]，笑语盈盈暗香去。众里寻他千百度，蓦然回首，那人却在，灯火阑珊处。

【注释】

①花千树：花灯之多如千树开花。②星如雨：焰火纷纷，乱落如雨。星，指焰火。③宝马雕车：豪华的马车。④凤箫：箫的美称。⑤玉壶：比喻明月。亦可解释为灯。⑥鱼龙舞：舞动鱼形、龙形的彩灯，如鱼龙闹海一样。⑦蛾儿、雪柳、黄金缕：皆指古代妇女元宵节时头上佩戴的装饰品。

《秉烛夜游图》(宋　张齐翰)

82.《西江月·夜行黄沙道中》

明月别枝惊鹊，清风半夜鸣蝉。稻花香里说丰年，听取蛙声一片。

七八个星天外，两三点雨山前。旧时茅店社林边①，路转溪桥忽见②。

【注释】

①茅店：屋顶盖着茅草的乡村客店。社林：土地庙附近的树林。社，祀土地神之所。②见：同“现”，显现，出现。

《秋声赋意图》（清　华嵒）

83.《南乡子·登京口北固亭有怀》①

何处望神州②？满眼风光北固楼。千古兴亡多少事？悠悠。不尽长江滚滚流。

年少万兜鍪③，坐断东南战未休④。天下英雄谁敌手？曹刘。生子当如孙仲谋⑤。

【注释】

①南乡子：词牌名。北固亭：在今江苏省镇江市北固山上，下临长江，三面环水。②神州：这里指中原故地。③年少：年轻。指孙权十九岁继父兄之业统治江东。兜鍪（dōumóu）：原指古代作战时兵士所戴的头盔，这里代指士兵。④坐断：坐镇，占据，割据。东南：指吴国在三国时地处东南方。⑤生子当如孙仲谋：曹操率领大军南下，见孙权的军队雄壮威武，喟然而叹："生子当如孙仲谋，刘景升儿子若豚犬耳。"

《长江万里图》局部（明　吴伟）

84.《鹧鸪天·壮岁旌旗拥万夫》

壮岁旌旗拥万夫，锦襜①突骑渡江初。燕兵夜娖银胡䩮，汉箭朝飞金仆姑②。

追往事，叹今吾，春风不染白髭须。却将万字平戎策，换得东家种树书。

【注释】

①襜（chān）：短上衣。②燕兵夜娖银胡䩮，汉箭朝飞金仆姑：叙述宋军准备射击敌军的情况。娖（chuò），整理。银胡䩮（lù），银色或镶银的箭袋。金仆姑，箭名。

85.《菩萨蛮·书江西造口①壁》

郁孤台②下清江水，中间多少行人泪。西北望长安，可怜③无数山。

青山遮不住，毕竟东流去。江晚正愁余，山深闻鹧鸪。

【注释】

①造口：一名皂口，在今江西万安县西南六十里处。这首词为宋孝宗淳熙三年（1176）作者任江西提点刑狱，途经造口时所作。②郁孤台：位于今江西省赣州市城区西北部贺兰山顶，又称望阙台。清江：赣江。③可怜：可惜。

《长江万里图》局部（南宋　赵黻）

86.《水龙吟·登建康①赏心亭》

楚天千里清秋，水随天去秋无际。遥岑远目，献愁供恨，玉簪螺髻②。落日楼头，断鸿③声里，江南游子。把吴钩④看了，栏杆拍遍，无人会，登临意！

休说鲈鱼堪脍⑤，尽西风，季鹰⑥归未？求田问舍⑦，怕应羞见，刘郎⑧才气。可惜流年，忧愁风雨，树犹如此⑨！倩⑩何人、唤取红巾翠袖⑪，揾⑫英雄泪？

【注释】

①建康：中国古都之一。即今江苏省南京市。②玉簪螺髻：玉做的簪子，海螺形状的发髻，这里比喻高矮和形状各不相同的山岭。③断鸿：失群的孤雁。④吴钩：古代吴地制造的一种宝刀。⑤鲈鱼堪脍：用西晋张翰典故。⑥季鹰：张翰，字季鹰。《世说新语·识鉴》："张季鹰辟齐王东曹掾，在洛，见秋风起，因思吴中菰菜羹、鲈鱼脍，曰：'人生贵得适意尔，何能羁宦数千里以要名爵？'遂命驾便归。"《晋书·张翰传》

作“乃思吴中菰菜、莼羹、鲈鱼脍”。后来的文人将思念家乡称为“莼鲈之思”。⑦求田问舍：置地买房。⑧刘郎：刘备。⑨树犹如此：用东晋桓温典故。典出《世说新语·言语》：“桓公北征，经金城，见前为琅琊时种柳，皆已十围，慨然曰：‘木犹如此，人何以堪！’攀枝执条，泫然流泪。”此处抒发作者不能收复失地、虚度时光的感慨。⑩倩（qìng）：请。⑪红巾翠袖：代指女子。⑫揾（wèn）：擦拭。

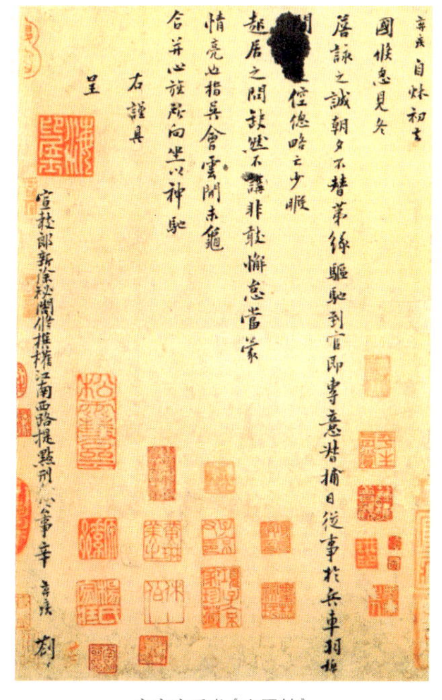
弃疾自秋初去
國倏忽見冬
詹詠之誠朝夕不替第緣驅馳到官即專意督捕日從事於兵車羽檄
間　倥傯略亡少暇
起居之問缺然不講非敢懈怠當蒙
情亮也指吳會雲間未龜
合并心旌所向坐以神馳
右謹具
呈
宣教郎新除秘閣修撰權江南西路提點刑獄公事辛　弃疾　劄

辛弃疾手书《去国帖》

十五、元曲

87. 马致远《天净沙 · 秋思》

枯藤老树昏鸦，小桥流水人家，古道西风瘦马。夕阳西下，断肠人在天涯。

《秋江闲钓图》(明　沈周)

88. 白朴《天净沙·秋》

孤村落日残霞，轻烟老树寒鸦，一点飞鸿影下。青山绿水，白草红叶黄花。

《秋亭嘉树图》（清　恽向）

89. 王实甫《西厢记·长亭送别》（节选）

碧云天，黄花地，西风紧，北雁南飞。晓来谁染霜林醉？总是离人泪。

出自《西厢记插页》（明　闵齐伋）

十六、明清诗词

90. 杨慎《临江仙·滚滚长江东逝水》

滚滚长江东逝水，浪花淘尽英雄。是非成败转头空。青山依旧在，几度夕阳红。

白发渔樵江渚上，惯看秋月春风。一壶浊酒喜相逢。古今多少事，都付笑谈中。

《长江万里图》局部（南宋　赵黻）

91. 纳兰性德《长相思·山一程》①

山一程，水一程，身向榆关那畔行②，夜深千帐灯。

风一更，雪一更，聒③碎乡心梦不成，故园无此声。

【注释】

①《长相思·山一程》：康熙二十一年（1682），云南平定，康熙帝出关东巡，祭告奉天祖陵。词人随从康熙帝诣永陵、福陵、昭陵告祭，出山海关，在途中写下了这首词。②榆关：今山海关，在今河北秦皇岛东北。那畔：山海关的另一边，指身处关外。③聒（guō）：声音嘈杂，这里指风雪声。

《纳兰容若像》（清　禹之鼎）

92. 郑板桥《竹石》

咬定青山不放松，立根原在破岩中。

千磨万击还坚劲，任尔东西南北风。

《竹石图》(清　郑板桥)

93. 赵翼《论诗（其二）》

李杜诗篇万口传，至今已觉不新鲜。

江山代有才人出，各领风骚数百年。

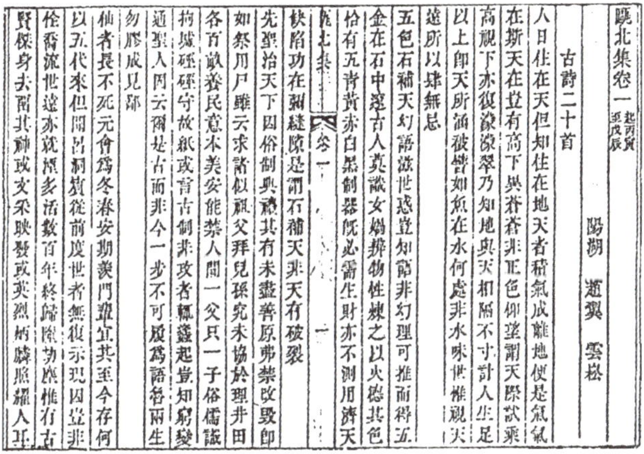

赵翼《瓯北集》书影

94. 龚自珍《己亥杂诗（其五）》

浩荡离愁白日斜，吟鞭东指即天涯。

落红不是无情物，化作春泥更护花。

《落花诗意图》（明　沈周）

十七、近代诗文

95. 梁启超《少年中国说》（节选）

使举国之少年而果为少年也，则吾中国为未来之国，其进步未可量也。使举国之少年而亦为老大也，则吾中国为过去之国，其澌[①]亡可翘足而待也。

故今日之责任，不在他人，而全在我少年。少年智则国智，少年富则国富，少年强则国强，少年独立则国独立，少年自由则国自由，少年进步则国进步，少年胜于欧洲则国胜于欧洲，少年雄于地球则国雄于地球。

红日初升，其道大光[②]。河出伏流，一泻汪洋。潜龙腾渊，鳞爪飞扬。乳虎啸谷，百兽震惶。鹰隼试翼，风尘吸张。奇花初胎，矞矞皇皇[③]。干将发硎，有作其芒[④]。天戴其苍，地履其黄。纵有千古，横有八荒。前途似海，来日方长。

美哉，我少年中国，与天不老！壮哉，我中国少年，与国无疆！

【注释】

①澌（sī）：尽；消亡。②其道大光：语出《周易·益》："自上下下，其道大光。"光，广大，发扬。③矞（yù）矞皇皇：《太玄经·交》："物登明堂，矞矞皇皇。"一般用于书面古语，形容光明盛大的样子。④干将发硎，有作其芒：宝剑刚磨出来，锋刃大放光芒。干将，原是铸剑师的名字，这里指宝剑。硎（xíng），磨刀石。

青年梁启超

96. 黄遵宪《赠梁任父同年》①

寸寸山河寸寸金，伛离②分裂力谁任。

杜鹃③再拜忧天泪，精卫④无穷填海心。

【注释】

①《赠梁任父同年》：该诗创作于1896年。中日甲午战争后，清政府签订了丧权辱国的《马关条约》，割让台湾全岛及所有附属各岛屿、澎湖列岛和辽东半岛给日本，中华民族面临空前的危机。黄遵宪邀请梁启超到上海办《时务报》时，写下此诗赠予梁启超，表达了诗人为国献身、变法图存的坚定决心。梁任父：梁启超。梁启超号任公，“父”是古代加在男子名或字后面的美称。②伛（kuā）离：这里是分割的意思，意指当时中国割地赔款，被列强瓜分的现实。③杜鹃：传说为古代蜀国的国王望帝所化。望帝把帝位传给从帝，从帝后来腐化堕落，望帝便和民众一起前去劝说从帝，从帝以为望帝回来夺取帝位，就紧闭城门。望帝没有办法，化成一只杜鹃进入城里，对着从帝苦苦哀叫，直到啼出血来死去为止。④精卫：古代神话中的鸟名。相传炎帝的女儿溺死在东海里，化为精卫鸟，经常衔石投入东海，想把大海填平。

黄遵宪

十八、革命诗文

97. 林觉民《与妻书》①（节选）★

吾平生未尝以吾所志语汝，是吾不是处；然语之，又恐汝日日为吾担忧。吾牺牲百死而不辞，而使汝担忧，的的非吾所忍。吾爱汝至，所以为汝谋者惟恐未尽。汝幸而偶我，又何不幸而生今日之中国！吾幸而得汝，又何不幸而生今日之中国！卒不忍独善其身。嗟夫！巾短情长，所未尽者，尚有万千，汝可以模拟得之。吾今不能见汝矣！汝不能舍吾，其时时于梦中得我乎？一恸。

【注释】

①《与妻书》：1911 年，林觉民参加黄兴领导的广州起义。起义前，林觉民给妻子陈意映写下这封最后的家书。后来林觉民在转战途中受伤力尽被俘，后从容就义，为“黄花岗七十二烈士”之一。

林觉民烈士塑像　摄于福州林觉民故居

98. 李大钊《青春》①（节选）★

市南子曰："少君之费，寡君之欲，虽无粮而乃足，君其涉于江而浮于海，望之而不见其崖，愈往而不知其所穷，送君者将自崖而反，君自此远矣。"此其谓道，殆即达于青春之大道。青年循蹈乎此，本其理性，加以努力，进前而勿顾后，背黑暗而向光明，为世界进文明，为人类造幸福，以青春之我，创建青春之家庭，青春之国家，青春之民族，青春之人类，青春之地球，青春之宇宙，资以乐其无涯之生。乘风破浪，迢迢乎远矣，复何无计留春望尘莫及之忧哉？

【注释】

①《青春》：1916 年，27 岁的李大钊在日本撰写的代表作《青春》发表于《新青年》第 2 卷。此时的中国掀起了声势浩大的反袁称帝的爱国主义浪潮，李大钊虽远在日本，但一

直非常关心国内的斗争局势，这篇文章将中国青年的历史使命和祖国的青春再造紧密地联系在一起，号召青年摆脱旧传统、旧观念的束缚，建立一个“青春中华”。

李大钊烈士塑像　摄于北京李大钊烈士陵园

99. 方志敏《可爱的中国》①（节选）★

不错，目前的中国，固然是江山破碎，国弊民穷，但谁能断言，中国没有一个光明的前途呢？不，决不会的，我们相信，中国一定有个可赞美的光明前途。中国民族在很早以前，就造起了一座万里长城和开凿了几千里的运河，这就证明中国民族伟大无比的创造力！中国在战斗之中一旦斩去了帝国主义的锁链，肃清自己阵线内的汉奸卖国贼，得到了自由与解放，这种创造力，将会无限的发挥出来。到那时，中国的面貌将会被我们改造一新。所有贫穷和灾荒，混乱和仇杀，饥饿和寒冷，疾病和瘟疫，迷信和愚昧，以及那慢性的杀灭中国民族的鸦片毒物，这些等等都是帝国主义带给我们可憎的赠品，将来也要随着帝国主义的赶走而离去中国了。朋友，我相信，到那时，到处都是活跃跃的创造，到处都是日新月异的进步，欢歌将代替了悲叹，笑脸将代替了哭脸，富裕将代替了贫穷，康健将代替了疾苦，智慧将代替了愚昧，友爱将代替了仇杀，生之快乐将代替了死之悲哀，明媚的花园，将代替了凄凉的荒地！这时，我们民族就可以无愧色的立在人类的面前，而生育我们的母亲，也会最美丽地装饰起来，与世界上各位母亲平等的携手了。

这么光荣的一天，决不在辽远的将来，而在很近的将来，我们可以这样相信的，朋友！

【注释】

①《可爱的中国》：1935 年 1 月，在江西省玉山县怀玉山，方志敏带领战友在数倍于己的国民党军队重重包围中战斗数日，弹尽粮绝被俘，被关押在南昌国民党驻赣绥靖公署军法处看守所。方志敏在狱中坚持斗争，利用敌人给他写悔过书的笔墨纸张，开始秘密写作，直到 1935 年 8 月 6 日就义。在生命的最后 7 个月，方志敏写下 10 余万字作品，其中就有这篇《可爱的中国》。

狱中方志敏

十九、鲁迅诗歌

100.《无题》①

惯于长夜过春时，挈②妇将雏鬓有丝。

梦里依稀慈母泪，城头变幻大王旗。

忍看朋辈③成新鬼，怒向刀丛④觅小诗。

吟罢低眉无写处，月光如水照缁衣⑤。

【注释】

①《无题》：此诗作于1931年2月，是鲁迅在花园庄旅馆避难时，得知左联五烈士柔石等人遇害的消息后所写。②挈（qiè）：带领。③朋辈：朋友，指被害的柔石等五位左翼青年作家。④刀丛：比喻国民党的迫害政策。⑤缁（zī）衣：黑色的衣服。

鲁迅